LEARN CHINESE EASILY

▲

中文易學
（看圖識字）課本

第二冊

文復會中文易學研究小組委員會　編著

三民書局 印行

目次

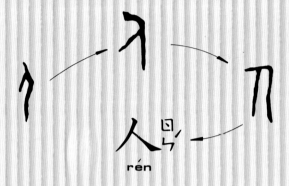

人
rén

我有一把傘
ㄨㄛˇ ㄧㄡˇ ㄧˊ ㄅㄚˇ ㄙㄢˇ

傘 ㄙㄢˇ

sǎn

[umbrella]

請停車！
ㄑㄧㄥˇ ㄊㄧㄥˊ ㄔㄜ

停 ㄊㄧㄥˊ

tíng

[to stop]

這是一座佛像

fó
(Buddha)

我把信件整理好

shìn jiàn

(letter)

這幅人像畫得很好

rén shiàng

(portrait)

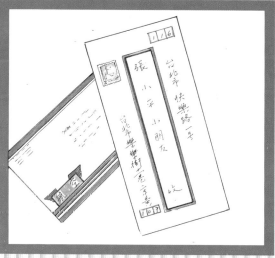

僧侶

sēng liǔ

[monk]

僧侶都是信佛教的

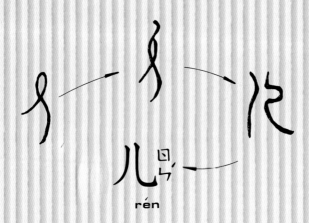

儿ㄖㄣ
rén

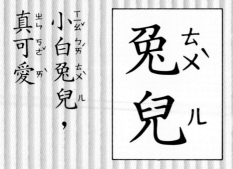

兔ㄊㄨˋ兒ㄦ

tùr
[rabbit]

小ㄒㄧㄠˇ白ㄅㄞˊ兔ㄊㄨˋ兒ㄦ，
真ㄓㄣ可ㄎㄜˇ愛ㄞˋ

9

ㄌㄧˋ

力 ㄌㄧˋ

勞ㄌㄠˊ動ㄉㄨㄥˋ

láu dùng

[to labor]

媽ㄇㄚ媽ㄇㄚ常ㄔㄤˊ常ㄔㄤˊ勞ㄌㄠˊ動ㄉㄨㄥˋ身ㄕㄣ體ㄊㄧˇ好ㄏㄠˇ

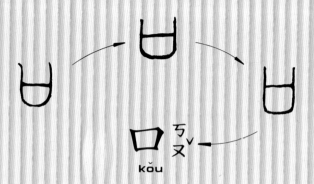

口 ㄎㄡˇ
kǒu

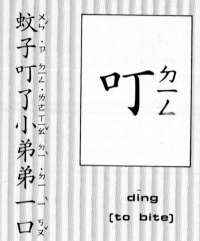

叮 ㄉㄧㄥ
dīng
[to bite]

蚊ㄨㄣˊ子ㆍㄗ叮ㄉㄧㄥㆍㄌㆠ了小ㄒㄧㄠˇ弟ㄉㄧˋ弟ㆍㄉㄧ一ㄧˋ口ㄎㄡˇ

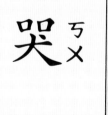

哭 ㄎㄨ
kū
[to cry]

小ㄒㄧㄠˇ弟ㄉㄧˋ弟ㆍㄉㄧ哭ㄎㄨㆍㄌㆠ了

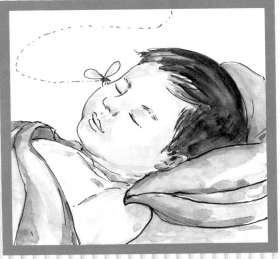

口 ㄎㄡˇ

我會唱歌

唱 ㄔㄤˋ

chàng
(to sing)

哥哥大聲叫喊

叫 ㄐㄠˋ
喊 ㄏㄢˇ

jìau hǎn
(to yell)

姊姊吹汽球

吹 ㄔㄨㄟ

chuei
(to blow)

我用吸管喝果汁

shī
[to suck (through
a straw)]

他用杯子喝果汁

hē
[to drink]

我早上起來，
呼吸新鮮空氣

hū shī
[to breathe]

口 ㄎㄡˇ

嘴唇是紅色的

ㄗㄨㄟˇ ㄔㄨㄣˊ ㄕˋ ㄏㄨㄥˊ ㄙㄜˋ ˙ㄉㄜ

tzuěi chuén

(lip)

我愛吃麵包

ㄨㄛˇ ㄞˋ ㄔ ㄇㄧㄢˋ ㄅㄠ

chr̄

(to eat)

女 ㄋㄩˇ

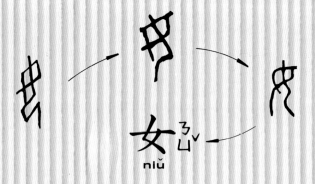

女
niǔ

妹ㄇㄟˋ妹ㄇㄟˋ有ㄧㄡˇ一ㄧˊ個·ㄍㄜ布ㄅㄨˋ娃ㄨㄚˊ娃·ㄨㄚ

娃 ㄨㄚˊ
娃 ·ㄨㄚ

wá wa
(doll)

我ㄨㄛˇ的·ㄉㄜ媽ㄇㄚ媽·ㄇㄚ很ㄏㄣˇ漂ㄆㄧㄠˋ亮·ㄌㄧㄤ

媽 ㄇㄚ
媽 ·ㄇㄚ

mā ma
(mother)

我的奶奶很慈祥

奶奶

nǎi nai

(grandmother)

我的姊姊很聰明

姊姊

jiě jie

(elder sicter)

我的妹妹很可愛

妹妹

mèi mei

(younger sister)

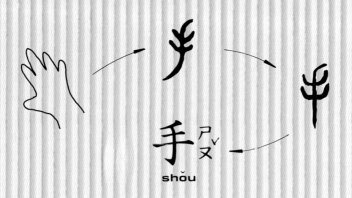

手 ㄕㄡˇ
shǒu

好朋友拉拉手

lā shǒu
[to hold (one's)
hand(s)]

我摸摸盒子

mō
[to touch]

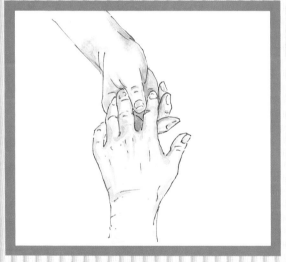

手 ㄕㄡˇ

抱 ㄅㄠˋ

妹妹抱著娃娃

bàu

[to hold]

擦 ㄘㄚ

我擦擦桌子

tsā

[to wipe]

採 ㄘㄞˇ

我採一朵小黃花

tsǎi

[to pick]

手 ㄕㄡˇ

打 ㄉㄚˇ 掃 ㄙㄠˇ

小美打掃房間
ㄒㄧㄠˇ ㄇㄟˇ ㄉㄚˇ ㄙㄠˇ ㄈㄤˊ ㄐㄧㄢ

dǎ sǎv

[to clean (a room, a house …)]

拿 ㄋㄚˊ

我拿打火機給客人
ㄨㄛˇ ㄋㄚˊ ㄉㄚˇ ㄏㄨㄛˇ ㄐㄧ ㄍㄟˇ ㄎㄜˋ ㄖㄣˊ

ná

[to hold; to take]

拍 ㄆㄞ 球 ㄑㄧㄡˊ

小妹妹拍大球
ㄒㄧㄠˇ ㄇㄟˋ ㄇㄟˋ ㄆㄞ ㄉㄚˋ ㄑㄧㄡˊ

pāi chioú

[to bounce a ball]

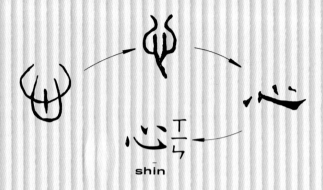

心 ㄒㄧㄣ
shin

我想一想，星期日到哪兒去

想
shiǎng
[to think]

媽媽愛小寶寶

愛
ài
[to love]

心 ㄒㄧㄣ

慢 ㄇㄢˋ

màn
(slow)

快 ㄎㄨㄞˋ

kuài
(quick)

爸爸跑得慢

花瓶摔破了

妹妹跑得快

花瓶沒掉下來

大黃貓很懶惰

天天睡覺

懶惰 ㄌㄢˇ ㄉㄨㄛˋ

lǎn duò
(lazy)

心 ㄒㄧㄣ

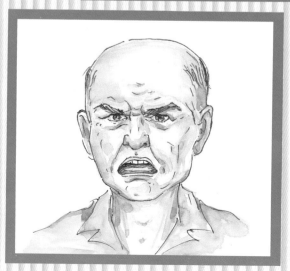

妹妹怕什麼

怕 ㄆㄚˋ

pà

[afraid]

他不快樂，他很憂愁

憂愁 ㄧㄡ ㄔㄡˊ

yōu chóu

[to look worried]

爺爺生氣了
爺爺發怒了

怒 ㄋㄨˋ

nù

[angry]

止 ㄓˇ

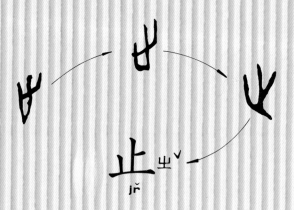

止 ㄓˇ
jr

他 ㄊㄚ
正 ㄓㄥˋ
在 ㄗㄞˋ
走 ㄗㄡˇ
正 ㄓㄥˋ
步 ㄅㄨˋ

正 ㄓㄥˋ
步 ㄅㄨˋ

jèng bù
(goose—step)

這 ㄓㄜˋ
幅 ㄈㄨˊ
畫 ㄏㄨㄚˋ
兒 ㄦ
掛 ㄍㄨㄚˋ
得 ㄉㄜ˙
很 ㄏㄣˇ
端 ㄉㄨㄢ
正 ㄓㄥˋ

正 ㄓㄥˋ

jèng
(straight)

止 ㄓˇ

這幅畫兒歪了
ㄓㄟˋ ㄈㄨˊ ㄏㄨㄚˋ ㄦ ㄨㄞ·ㄌㄜ

歪 ㄨㄞ

wāi
(not straight)

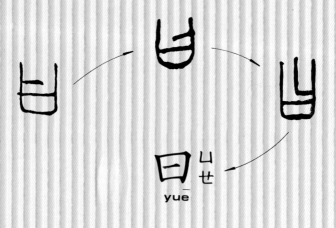

曰ㄩㄝ
yue

這ㄓㄜˋ些ㄒㄧㄝ都ㄉㄡ是ㄕˋ書ㄕㄨ

書ㄕㄨ

shū
(book)

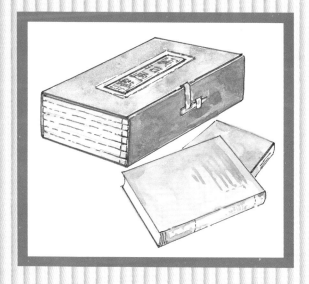

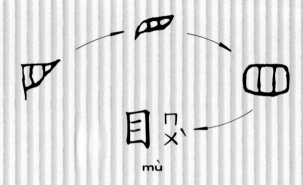

目ㄇㄨˋ
mù

我們要
ㄨㄛˇ ㄇㄣ˙ ㄧㄠˋ
注意眼睛的健康
ㄓㄨˋ ㄧˋ ㄧㄢˇ ㄐㄧㄥ˙ ㄉㄜ ㄐㄧㄢˋ ㄎㄤ

眼 ㄧㄢˇ
睛 ㄐㄧㄥ

yǎn jing
(eye)

眉毛在眼睛的上頭
ㄇㄟˊ ㄇㄠˊ ㄗㄞˋ ㄧㄢˇ ㄐㄧㄥ˙ ㄉㄜ ㄕㄤˋ ㄊㄡˊ

眉 ㄇㄟˊ

méi
(eyebrow)

目ㄇㄨˋ

他的眼睛瞎了，
看不見了

瞎ㄒㄧㄚ

shiā
(blind)

盲人走路要用手杖

盲ㄇㄤˊ
人ㄖㄣˊ

máng rén
(blind man)

弟弟看牛，
牛也看弟弟

看ㄎㄢˋ

kàn
(to see)

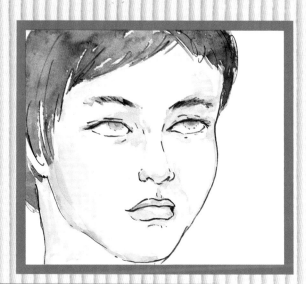

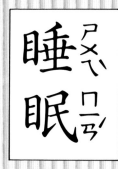

shuèi mián

[sleep]

弟弟睡眠充足精神好

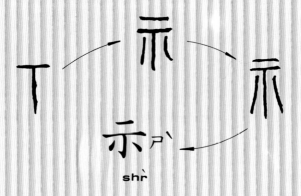

shr

我們要祭祖

過年的時候

jì tzǔ

[to hold a memorial
ceremony for ancestors]

門上貼一個福字

新年到了，

fú

[good fortune]

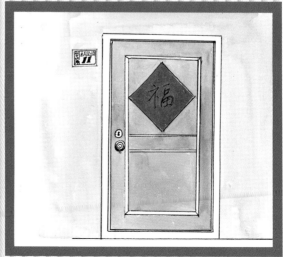

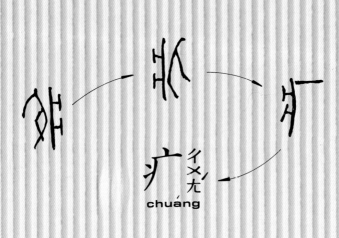

疒 ㄔㄨㄤˊ
chuáng

王先生很瘦
ㄨㄤ ㄒㄧㄢ ˙ㄕㄥ ㄏㄣˇ ㄕㄡˋ

瘦 ㄕㄡˋ

shòu

(thin)

他的手很癢，
ㄊㄚ ˙ㄉㄜ ㄕㄡˇ ㄏㄣˇ ㄧㄤˇ

都抓破了
ㄉㄡ ㄓㄨㄚ ㄆㄛˋ ˙ㄌㄜ

癢 ㄧㄤˇ

yǎng

(itch)

疒 ㄔㄨˊ ㄤ

醫院裏住著病人

病 ㄅㄧㄥˋ

bìng

(sick)

妹妹的
手指頭疼痛極了

疼痛 ㄊㄥˊ ㄊㄨㄥˋ

téng tùng

(painful)

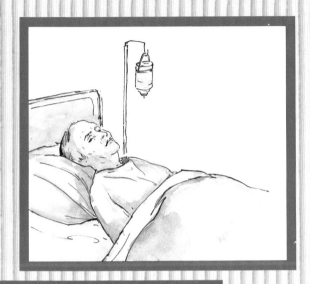

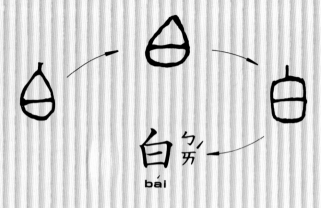

白ㄅㄞˊ
bái

肥皂 ㄈㄟˊ ㄗㄠˋ

我用肥皂洗手

féi tzàu

[soap]

白的 ㄅㄞˊ ˙ㄉㄜ

雪人是白的

bái de

[white]

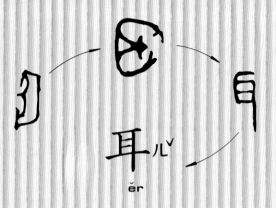

耳ㄦˇ
ěr

耳ㄦˇㄉㄨㄛˇㄎㄜˇㄧˇ聽ㄊㄧㄥㄕㄥ音ㄢ
耳朵可以聽聲音

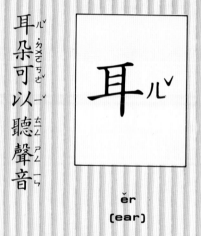

耳ㄦˇ

ěr

[ear]

我ㄨㄛˇ自ㄗˋ己ㄐㄧˇ聽ㄊㄧㄥ音ㄧㄣ樂ㄩㄝˋ，不ㄅㄨˊ會ㄏㄨㄟˋ吵ㄔㄠˇ別ㄅㄧㄝˊ人ㄖㄣˊ
我自己聽音樂，不會吵別人

聽ㄊㄧㄥ

tīng

[to listen]

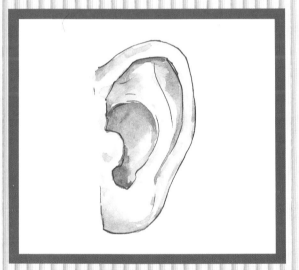

舌 ㄕㄜˊ

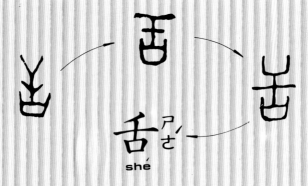

舌 ㄕㄜˊ
shé

舌ㄕㄜˊ
頭ㄊㄡ·

shé tou
[tongue]

舌ㄕㄜˊ頭ㄊㄡ·可ㄎㄜˇ以ㄧˇ嚐ㄔㄤˊ味ㄨㄟˋ道ㄉㄠˋ

舔ㄊㄧㄢˇ

tiǎn
[to lick]

我ㄨㄛˇ舔ㄊㄧㄢˇ一ㄧˋ下ㄒㄧㄚˋ，糖ㄊㄤˊ是ㄕˋ甜ㄊㄧㄢˊ的ㄉㄜ

肉 ㄖ ㄡˋ

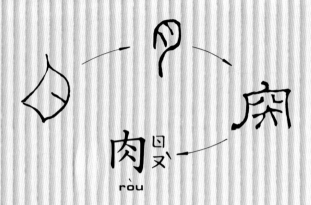

肉
ròu

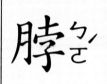

脖 ㄅㄛˊ

bó
(neck)

王小姐（ㄨㄤˊ ㄒㄧㄠˇ ㄐㄧㄝˇ）的（·ㄉㄜ）脖子（ㄅㄛˊ·ㄗ）很（ㄏㄣˇ）美麗（ㄇㄟˇ ㄌㄧˋ）

臉 ㄌㄧㄢˇ

liǎn
(face)

弟弟（ㄉㄧˋ·ㄉㄧ）的（·ㄉㄜ）臉（ㄌㄧㄢˇ）很（ㄏㄣˇ）乾淨（ㄍㄢ ㄐㄧㄥˋ）

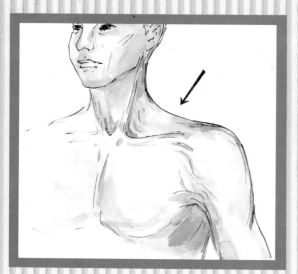

肉 ㄖㄡˋ

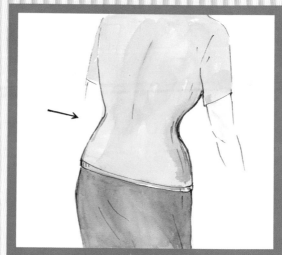

這是肩膀
（ㄓㄜˋ ㄕˋ ㄐㄧㄢ ㄅㄤ）

肩（ㄐㄧㄢ）膀（ㄅㄤˇ）

jiān bǎng
(shoulder)

走路的時候，
（ㄗㄡˇ ㄌㄨˋ·ㄉㄜ ㄕˊ ㄏㄡˋ）
腰背都要挺直
（ㄧㄠ ㄅㄟˋ ㄉㄡ ㄧㄠˋ ㄊㄧㄥˇ ㄓˊ）

腰（ㄧㄠ）

yāu
(waist)

小弟弟的
（ㄒㄧㄠˇ ㄉㄧˋ·ㄉㄧ·ㄉㄜ）
肚子露出來了
（ㄉㄨˋ·ㄗ ㄌㄡˋ ㄔㄨ ㄌㄞˊ·ㄌㄜ）

肚（ㄉㄨˋ）

dù
(belly)

肉 ㄖㄡˋ

哥ㄍㄜ 哥ㄍㄜ 的ㄉㄜ 腿ㄊㄨㄟˇ 很ㄏㄣˇ 長ㄔㄤˊ

tuěi

(leg)

腳ㄐㄧㄠˇ 是ㄕˋ 用ㄩㄥˋ 來ㄌㄞˊ 走ㄗㄡˇ 路ㄌㄨˋ 的ㄉㄜ

jiǎu

(foot)

他ㄊㄚ 的ㄉㄜ 背ㄅㄟˋ 很ㄏㄣˇ 直ㄓˊ

bèi

(the back)

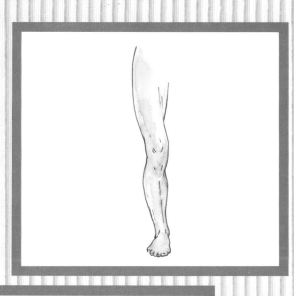

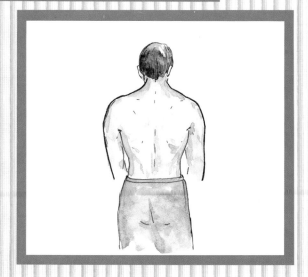

肉
日
又

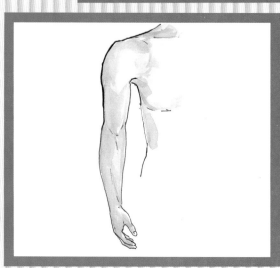

臘腸
ㄌㄚˋ ㄔㄤˊ
là cháng
(Chinese sausage)

中國臘腸很好吃
ㄓㄨㄥ ㄍㄨㄛˊ ㄌㄚˋ ㄔㄤˊ ㄏㄣˇ ㄏㄠˇ ㄔ

肥胖
ㄈㄟˊ ㄆㄤˋ
féi pàng
(fat)

肥胖的人容易生病
ㄈㄟˊ ㄆㄤˋ ˙ㄉㄜ ㄖㄣˊ ㄖㄨㄥˊ ㄧˋ ㄕㄥ ㄅㄧㄥˋ

胳臂
ㄍㄜ ㄅㄟˋ
yē bei
(arm)

這是爸爸的胳臂
ㄓㄜˋ ㄕˋ ㄅㄚˋ ˙ㄅㄚ ˙ㄉㄜ ㄍㄜ ㄅㄟˋ

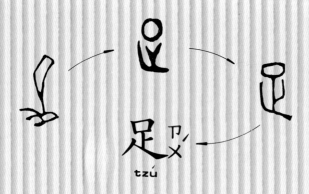

足
tzú

山ㄕㄢ上ㄕㄤˋ有ㄧㄡˇ一ㄧˊ條ㄊㄧㄠˊ小ㄒㄧㄠˇ路ㄌㄨˋ

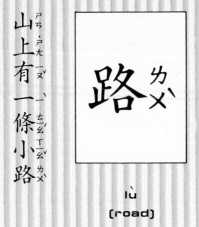

路ㄌㄨˋ

lù

(road)

哥ㄍㄜ哥ㄍㄜ跑ㄆㄠˇ得ㄉㄜ˙快ㄎㄨㄞˋ

跑ㄆㄠˇ

pău

(to run)

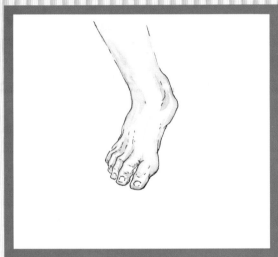

跳 ㄊㄧㄠ

姊姊跳得高
ㄐㄧㄝˇ·ㄐㄧㄝ ㄊㄧㄠˋ·ㄉㄜ ㄍㄠ

tiàu
[to jump]

腳 ㄐㄧㄠˇ
趾 ㄓˇ

一隻腳有五個腳趾
ㄧˋ ㄓ ㄐㄧㄠˇ ㄧㄡˇ ㄨˇ·ㄍㄜ ㄐㄧㄠˇ ㄓˇ

jiǎu jř
[toe]

踢 ㄊㄧ
球 ㄑㄧㄡˊ

我喜歡踢球
ㄨㄛˇ ㄒㄧˇ ㄏㄨㄢ ㄊㄧ ㄑㄧㄡˊ

ti chióu
[to kick a ball]

我跪在毛巾上，
拿出野餐來

guèi
[to kneel]

弟弟跌倒了

diè dǎu
[to fall]

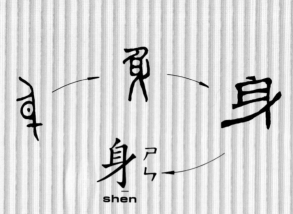

身 ㄕㄣ
shen

躲 ㄉㄨㄛˇ

ㄌㄠˇ ㄕㄨˇ ㄉㄨㄛˇ ㄗㄞˋ ㄉㄨㄥˋ ㄌㄧˇ
老鼠躲在洞裏

duǒ
[to hide]

躺 ㄊㄤˇ

ㄉㄧˋ ㄉㄧ˙ ㄊㄤˇ ㄗㄞˋ ㄕㄚ ㄈㄚ ㄕㄤˋ
弟弟躺在沙發上

tǎng
[to lie]

頁 ㄧㄝˋ

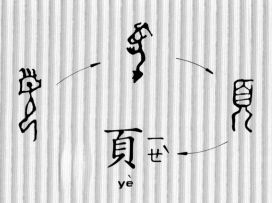

頁 ㄧㄝˋ
yè

做頸項運動
他常常低頭撞頭

ㄊㄚ ㄔㄤˊ ㄔㄤˊ ㄉㄧ ㄊㄡˊ ㄓㄨㄤ ㄊㄡˊ
ㄗㄨㄛˋ ㄐㄧㄥ ㄒㄧㄤˋ ㄩㄣˋ ㄉㄨㄥˋ

頸 ㄐㄧㄥˇ 項 ㄒㄧㄤˋ

jǐng shiàng

(neck)

有一顆紅痣
他的臉頰上

ㄊㄚ ˙ㄉㄜ ㄌㄧㄢˇ ㄐㄧㄚˊ ˙ㄕㄤ
ㄧㄡˇ ㄧ ㄎㄜ ㄏㄨㄥˊ ㄓˋ

頰 ㄐㄧㄚˊ

jiá

(cheek)

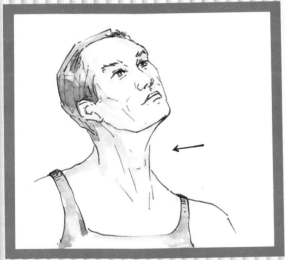

頁 一ㄝˋ

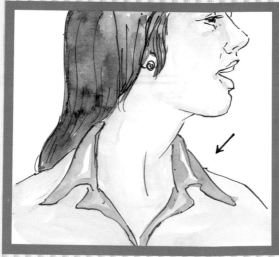

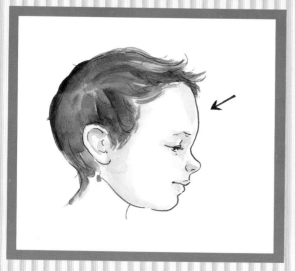

他的頭頂很圓

頭頂

tóu dǐng

[the top of the head]

她的衣領是綠色的

領

lǐng

[collar]

小弟弟的額頭很高

額

é

[forehead]

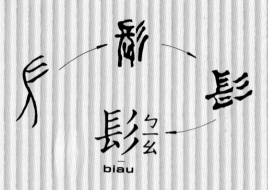

髟 ㄅㄧㄠ
biau

妹妹的頭髮很整齊

頭髮 ㄊㄡˊ ㄈㄚˇ

tóu fǎ
[hair]

這個人的鬍鬚又多又長

鬍鬚 ㄏㄨˊ ㄒㄩ

hú shiu
[beard]

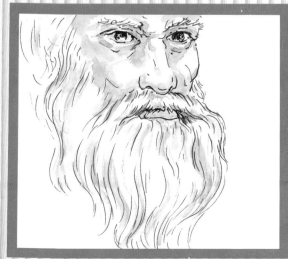

中文易學(看圖識字)課本　／中華文化復興運動推行
委員會中文易學研究小組委員會編著－－
臺北市：三民，民78
4冊：彩圖；26公分
國語注音；中英對照
ISBN　957-14-0035-1(套)
ISBN　957-14-0036-X(第一冊)
ISBN　957-14-0037-8(第二冊)
ISBN　957-14-0038-6(第三冊)
ISBN　957-14-0039-4(第四冊)
1.中國語言—讀本 I 中華文化復興運動推行委員會
中文易學研究小組委員會編著
802.81／8696　　V2

中文易學(看圖識字)課本　第二冊

編著者／中華文化復興運動推行委員會
　　　　中文易學研究小組委員會
發行人／劉振強
出版者／三民書局股份有限公司
印刷所／三民書局股份有限公司
地　址／臺北市重慶南路一段六十一號
郵　撥／〇〇〇九九九八 一五號
初　版／中華民國七十八年十一月
編　號　S 81108
基本定價　肆元肆角肆分
行政院新聞局登記證局版臺業字第〇二〇〇號

ISBN　957-14-0035-1(套)
ISBN　957-14-0037-8(第二冊)